# POUR NOS CHÉRIS

PARIS

NOUVELLE LIBRAIRIE DE LA JEUNESSE

LOUIS WESTHAUSSER, Éditeur

4, RUE DE LILLE.

TYPOGRAPHIE FIRMIN-DIDOT ET C$^{ie}$. — MESNIL (EURE)

# POUR

# NOS CHÉRIS

# POUR

# NOS CHÉRIS

*SCÈNES ENFANTINES*

par

Étienne **DUCRET**

## PARIS

NOUVELLE LIBRAIRIE DE LA JEUNESSE

Louis **WESTHAUSSER**, Éditeur

4, rue de Lille

# DÉDICACE

Enfants Chéris !...

Heureuse la Fillette à qui le Ciel donne un bon Frère !

Heureux aussi le petit Gas, qui possède une Sœur mignonne !..

Le même Père et la même Mère prodiguent à tous deux leurs caresses.

Ils s'en vont, la main dans la main, échangeant, à l'envi, prévenances et gentillesses !

Pantins, Poupées, Jouets et Friandises : tout leur avoir est en commun.

Chacun d'eux est pour l'autre un joyeux partenaire qui lui tient tête à tous les Jeux.

S'épargner une peine, un chagrin, est leur souci constant.

Frères et Sœurs,

Aimez-vous bien!
Imitez les couples charmants, dont on vous offre, ici, les portraits.
Que leur exemple vous apprenne à devenir les Anges de vos Familles,
et à vous rendre dignes de l'estime et de l'affection de tout le monde.

É. D.

# MARCELLE ET GASTON

Marcelle, l'espiègle blondinette, a voulu grimper sur le banc, pour examiner la campagne.

Mais, comment redescendre, sans risquer de se
blesser, ou de friper son frais costume?...

Le bon Gaston veut bien la tirer d'embarras :

— Sœurette, lui dit-il, donne-moi ton panier;...
prends ma main, et saute sans crainte...

Une!... deux!... trois!... là!

Ça y est!...

Et, pour prix de sa complaisance, le Frère embrasse sa Sœur, qui lui
fait une belle révérence...

— Tiens, petite sœur, prends ce bouquet, et viens jouer avec moi.

« Nous allons d'abord aller voir Minette qui vient d'avoir trois beaux
petits chats. Si tu voyais comme ils sont gentils, ils ont des manières si
drôles.

« Le jardinier les a mis dans un panier avec de la paille, viens, nous
attacherons un bouchon au bout d'une ficelle et nous les ferons jouer. »

Et les voilà partis tous les deux, bras dessus, bras dessous. Bon
voyage, enfants, et amusez-vous. Soyez longtemps comme les petits chats,
c'est-à-dire bien gentils.

Aidons - nous !

# OU SONT-ILS?...

— Éva!..... Gontran!..... où êtes-vous?... »

Ainsi clamait le père Jérôme...

Chargé de promener ses petits maîtres, il a tourné la tête, et... zeste!... les bambins ont disparu derrière la haie.

Cachés dans le feuillage, ils se rient de son émoi, et le laissent appeler sans répondre, pour lui faire une malice.

— Éva!... Gontran!... » répète le brave homme; mais, cette fois, avec des larmes dans la voix.

Émus de ses accents, les lutins quittent leur cachette, en criant :

« Nous voilà!... »

Et le bon Serviteur, qui les croyait perdus, les emporte, joyeux, dans ses bras...

# LE MAUVAIS FRANÇOIS

— Holà, sur l'estacade!...
que t'ont fait, méchant garnement,
ces inoffensives Grenouilles, pour
les assommer à coups de pierres?...
— Oui!... Oui!... reprend
Anna, tu as raison, GILBERT : ce
FRANÇOIS est un mauvais cœur,
et il mériterait une bonne
leçon...
— Tiens!... voilà jus-
tement le Garde qui ac-
court pour le corriger...
— Oh! tant mieux!...

# YVONNE ET LUCIEN.

Les arbres ont perdu leurs feuilles.

La neige couvre les sentiers d'un blanc tapis d'hermine.

Et l'étang du Château, endurci par le froid, offre aux amateurs de *patinage,* son immense surface unie comme un miroir.

— YVONNE!... dit LUCIEN à sa Sœur, puisque tu veux aussi essayer la *glissade,* donne ton pied, que j'y attache cette chaussure à lame d'acier...

— Oui!... Mais ne serre pas trop, et promets-moi de me tenir en équilibre...

— Sois sans peur, ma chérie!... tu peux compter sur mon appui.

— Et si, par accident, la glace craquait sous mes pas?...

— Je suis un homme, moi, et je te sauverais!...

Plaisir d'Hiver.

# CERF-VOLANT

Rose et Charlot vont promenant, à travers champs, le plus flambant des *Cerfs-volants*.

Sa carcasse de fin osier est recouverte d'une large feuille de papier, où se dessine une grosse tête souriante.

Sa longue queue et ses panaches flottent au vent, lorsqu'en courant, on tire la ficelle.

Rose. — Oh! comme il vole, vole haut!...

Charlot. — Si l'on pouvait s'asseoir dessus, on voguerait dans l'air, comme en ballon...

Jadis, comme aujourd'hui, le *Cerf-volant* était un...

*Objet de surprise et de joie*
*Pour les Marmots qui, le suivant des yeux,*
*Croyaient monter avec lui dans les cieux...*

(Delille.)

# LE PAPILLON ET LA BOUGIE

Aimée est tout extasiée de voir ce léger Papillon voltiger autour du bougeoir...

Invinciblement attiré par la flamme qui le fascine, l'insecte approche, approche et se brûle les ailes...

Enfants !

Que ceci vous instruise :

Sachez que, dans la vie, miroite à nos yeux plus d'un objet brillant, dont le funeste éclat tente et séduit les cœurs.

Gardez-vous d'y toucher !

A ce jeu-là, comme le Papillon, que d'imprudents ne gagnent que d'amères déceptions et, comme lui, se perdent à jamais.

Tout ce qui reluit n'est pas or !
Ne vous fiez pas aux apparences et regardez au fond des choses avant de vous laisser entraîner.

# BERTHE ET LOYS

*Sur la terrasse du château,
les deux enfants exécutent le
morceau suivant : l'une avec
la voix, et l'autre, sur son ins-
trument.*

### I

Le Coq matinal nous appelle :
C'est la fête de Grand'Maman.
Mêlons notre voix fraternelle
Pour lui chanter un compliment.

### II

Sous la charmille du bocage,
Gazouille le gentil Pinson ;
Et notre Fifi, dans sa cage,
Répète aussi notre chanson.

### III

Tandis que ta flûte, mon Frère,
Module un air mélodieux,
Pour Celle qui nous est si chère,
Moi, j'adresse nos vœux aux Cieux.

*Soudain, sur le balcon, en face, une belle tête à cheveux blancs appa-
raît, et, souriante, envoie des baisers aux chanteurs.*

Un air de flûte.

# LA MORT DE FIFI

Louise, Claire et Désiré sont en larmes!..
Fifi n'est plus!!!

On l'a trouvé mort dans sa cage...

Pauvre Fifi!...

Qu'était Fifi?...

Le joli Serin jaune, favori des Enfants.

— Hélas! font-ils, nous n'entendrons plus son chant si doux, nous n'entendrons plus ses roulades mélodieuses; nous ne verrons plus ses gentillesses; nous ne sentirons plus le petit picotement de son bec contre notre doigt quand nous le lui tendions.

« Nous le soignions si bien.

« C'était à qui, chaque matin, remplirait de millet, de chènevis et d'eau fraîche son abreuvoir et sa mangeoire...

« C'était à qui garnirait ses barreaux de mouron, fruits et sucreries...

« Il est mort d'une indigestion!...

. . . . . . . . . . . . . . . . . . . .

« Pauvre, pauvre Fifi!!!

. . . . . . . . . . . . . . .

« Non!... Minet n'aura pas en pâture cette chère dépouille!...

« Non!... ce corps si mignon ne sera pas jeté à la voirie!...

« Fifi aura ses funérailles!... »

Le jour même, Louise, Claire et Désiré l'inhumèrent dans un coin du jardin.

Désiré, avec sa petite bêche, avait creusé sa fosse, aidé dans cette pieuse besogne par ses deux sœurs, Claire et Louise, les larmes aux yeux, puis le petit corps fut déposé au fond du vilain trou et nos trois enfants le recouvrirent de terre en jetant un dernier regard à leur petit ami.

Une branche fleurie fut plantée sur sa tombe; puis on lui dit, comme oraison funèbre :

> « Toi qui chantais si gentîment,
> « Toi qui faisais si bien *piouit!*
> « Toi qui nous égayais,
> « Toi que nous aimions tant,
> « Fifi,
> « Repose en paix!
> « Adieu!!!... »

# DENISE ET ANDRÉ

Arrivé dans l'allée du parc avec la jeune fille :

— Denise !... dit amicalement André, en mettant un genou en terre,

« C'est aujourd'hui l'Anniversaire de ta Naissance, du jour où, il y a huit ans, je reçus cette bonne nouvelle :

« Tu as une petite *Sœur !...* »

« Alors, je t'embrassai bien fort, ma Denise ; et, depuis, tu as été pour moi si douce et si affectueuse, que je ne sais comment t'en remercier.

« Accepte donc, chère Sœur, ce bouquet, et daigne le Ciel t'accorder, pendant de nombreuses années, le bonheur que je te souhaite de tout mon cœur... »

L'anniversaire.

# LA POULE ET SES POUSSINS

— A propos de la Poule, sais-tu, Léon, ce que j'ai lu dans un beau petit livre?...

— Oh! dis-le-moi, Gabrielle!...

— Dès que les *Poussins* sont éclos, leur Mère en est sans cesse occupée. Elle ne cherche de la nourriture que pour eux, grattant la terre avec ses ongles, pour arracher quelque aliment, dont elle se prive en leur faveur.

Elle les appelle s'ils s'égarent, et les met sous ses ailes à l'abri des intempéries.

Elle s'expose à tout pour les défendre.

Car ce sont ses *Enfants chéris ;* et tous ces petits Frères et petites Sœurs semblent n'avoir qu'un même amour et qu'un seul cœur...

C'est l'image de la Famille...

Enfants, chérissons donc nos Mères, et demeurons unis par la Fraternité!!!

# SOUSTRACTION

### DE

# CANETONS

Zoé pose ce problème à son Frère :

« Il y avait, ce matin, 20 canetons dans la basse-cour ;

« On en a envoyé 12 barboter dans la mare :

« Combien en reste-t-il chez nous ?... »

Henri fait le calcul sur son ardoise, et trouve tout de suite qu'il en reste 8 à la maison.

Ce bambin promet d'être, un jour, un fameux mathématicien !...

# GUSTAVE, SUZANNE

## ET

## AUGUSTE

Tandis qu'Auguste bat la campagne, en faisant, avec son chapeau, la chasse aux Papillons, Gustave et Suzanne ont installé, dans la clairière, un jeu d'*Escarpolette*, qu'on appelle aussi *Balançoire*.

Une planchette, servant de siège, est suspendue aux branches par deux cordes.

Suzanne s'installe sur la planchette, et Gustave se met en devoir de procéder à son balancement...

— Plus fort!... encore!... plus fort!... ordonne la fillette, qui prend goût à cet exercice.

Et l'excellent Frère obéit comme il convient, d'ailleurs, envers une sœur qu'on aime.

à la Balançoire !

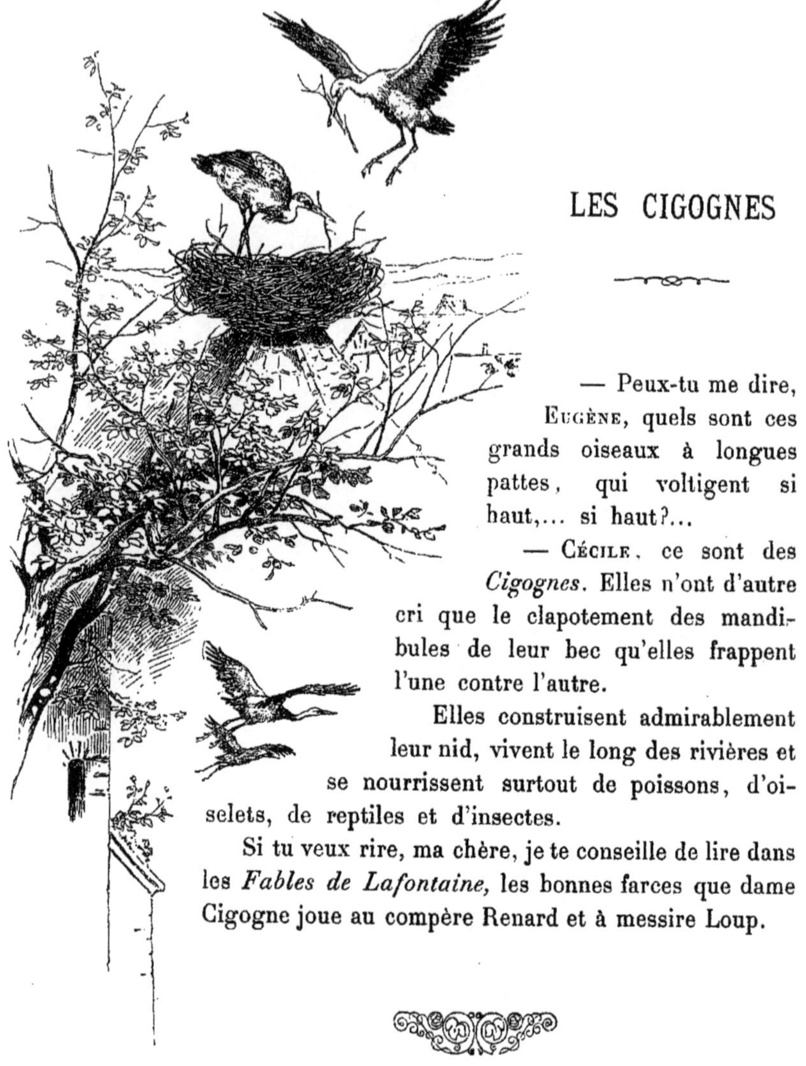

# LES CIGOGNES

— Peux-tu me dire, Eugène, quels sont ces grands oiseaux à longues pattes, qui voltigent si haut,... si haut?...

— Cécile, ce sont des *Cigognes*. Elles n'ont d'autre cri que le clapotement des mandibules de leur bec qu'elles frappent l'une contre l'autre.

Elles construisent admirablement leur nid, vivent le long des rivières et se nourrissent surtout de poissons, d'oiselets, de reptiles et d'insectes.

Si tu veux rire, ma chère, je te conseille de lire dans les *Fables de Lafontaine*, les bonnes farces que dame Cigogne joue au compère Renard et à messire Loup.

# A COUPS DE POMMES!

------

Pierre ayant taquiné Jocko, l'irascible gorille grimpe sur un pommier, d'où il assaille le gamin d'une grêle de fruits.

Celui-ci voudrait riposter.

— Laisse donc!... lui dit Flore en riant : puisqu'il nous les envoie, ramassons les pommes et croquons-les ensemble!... »

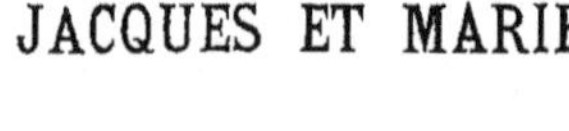

# JACQUES ET MARIE

Assise sous l'ombrage, la jeune
Marie entonne la romance suivante,
et son Frère Jacques l'accompagne sur sa
guitare.
A côté, deux gentils bébés gambadent en cadence :

### I

La plaine est couverte
De fleurs et d'épis :
Sur la mousse verte
Sautez, mes Petits !

### II

Peut-être, avant l'âge,
Viendront les soucis :
Pour narguer l'orage,
Riez, mes Petits !...

### III

Pour qu'Écho réponde
A vos joyeux cris,
En chœur, à la ronde,
Chantez, mes Petits !...

### IV

D'avenir prospère,
De gais paradis
Pour rêver sur terre,
Vivez, chers Petits !...

Romance à deux voix.

# UN FUTUR HÉROS !...

Victor, comme Maurice, ne rêve que combats.

Assis sur son cheval de bois, on dirait qu'il monte à l'assaut :

— Hop ! allons !... crie-t-il, au galop !... en avant !...

« Oh !... fait-il, quand j'aurai un cheval, un sabre et un fusil *pour de vrai!*

« Quand j'entendrai le tambour, la musique et les coups de feu, ... patapan !...

« Je battrai, moi aussi, les ennemis de la France, comme a fait mon Papa ;

« Et je gagnerai, comme lui, la croix d'honneur... Ah ! mais !...

« Allons !... hop !... au galop !... En avant ! »

Et notre futur héros part à fond de train sur son cheval fougueux.

# QUAND

# J'AURAI DES MOUSTACHES!...

Après avoir mis en bataille ses cavaliers de plomb, Maurice se regarde au miroir :

— Je vais, dit-il, monter sur cette chaise pour mieux voir dans la glace comme je suis beau. »

Attention, jeune orgueilleux, prends garde de tomber!

— Oh!... poursuit-il,... quand j'aurai des moustaches,. quand je serai grand... grand comme mon frère Michel ;

« Quand j'aurai, comme lui, un beau costume à épaulettes, plus de verges alors!... je ne recevrai plus le fouet, si je ne suis pas sage...

« Mais, moi, je ferai *portez-armes!*... et je défilerai au bruit du *rataplan!*...

« En attendant, je vais m'en faire... des... moustaches... avec un gros bouchon brûlé à la bougie... »

# GILBERTE ET ANTONIO

Blottie contre le tronc d'un chêne, Gilberte se croit introuvable...

Soudain, Antonio la surprend et lui crie :

— *Coucou!... Ah! la voilà!...*

« Comment, ma chère! poursuit-il, quand nous étions, là-bas, bien en train de jouer avec nos camarades,... tout à coup, tu t'envoles, et tu nous plantes là!...

« Que t'a-t-on fait? qu'as-tu? »

— J'ai,... j'ai... j'ai... reprend la boudeuse, que tu as fait quatre parties avec les autres, et seulement deux avec moi... na!...

— Fi, la jalouse! allons, embrasse-moi, et reviens avec nous...

— Oui, mais, tu sais : tu me dois deux parties...

— Dix, si tu veux, ma chère petite Sœur!... »

Coucou !.... ah ! la voilà !....

# JE L'AURAI!...

— Avec ton chien Médor, où cours-tu, Georges, à travers bois?...

« En battant ainsi les buissons, les épines vont t'écorcher et déchirer tes vêtements...

« Ta Mère, là-bas, te rappelle... Retourne sur tes pas...

— Non!... je tiens à la satisfaire.

« J'ai promis, que, coûte que coûte, j'attraperais, sur mon chemin, un Pinson que ma Sœur Aline veut emporter à la maison...

« Justement!... j'en vois un... Je l'aurai, Firmin,... je l'aurai!... »

Par la persévérance, on vient à bout de tout.

# LA MARMOTTE EN VIE

— Viens donc voir, sur la place, ce jeune Savoyard, qui montre sa *Marmotte en vie*.

« Elle saute et danse à sa voix... Paul, regarde, qu'elle est gentille!...

« C'est le gagne-pain du pauvre homme.

« Tous les habitants du village l'entourent avec sympathie; chacun lui denne un petit sou... »

— Tiens! Adèle,... faisons de même... »

# CLAUDE ET MIREILLE

Quelle chance pour les Oiseaux!
Pour les Enfants quelles surprises!
Les pentes vertes des coteaux
Sont toutes rouges de cerises....

(Pierre Dupont.)

— As-tu soif, Mireille?... As-tu faim?... Tiens!... prends ce fruit
qui désaltère et qui nourrit tout à la fois. Je viens de le cueillir pour Toi,
en grimpant sur la haute branche...

« Que ne fait-on pas pour sa sœur?

— Claude, je n'ai ni soif ni faim; mais ton présent me plaît quand
même... donne...

— Pourquoi faire, Mireille?...

— Pour en faire un pendant d'oreille à ma poupée... »

Les Pendants d'Oreilles.

# LA RUCHE

La *Ruche* est la demeure des Abeilles. C'est là que ces insectes précieux rapportent le doux suc qu'ils butinent au calice des fleurs, pour en former et la cire et le miel.

Mais, malheur à la main imprudente qui les trouble dans leur travail!

La petite Simonne a voulu s'approcher de la Ruche, mais les Abeilles se sont mises à bourdonner en menaçant la petite gourmande.

Fuis, Simonne!... car, sortant tout à coup de leur retraite, elles fondraient sur toi, et leurs dards te feraient de cruelles piqûres!

# LES ÉCUREUILS

Crois-moi, Ernest, lorqu'en traversant la forêt, tu verras grimper dans les arbres un couple d'*Écureuils,* ne leur fais point de mal.

Par l'innocence de ses mœurs et par sa gentillesse, ce joli petit animal mérite qu'on l'épargne.

Il est inoffensif et se nourrit de fruits, d'amandes, et surtout de noisettes.

Il est propre, leste, vif et d'une physionomie agréable.

Pour se garantir du soleil, il relève par-dessus sa tête sa longue queue empanachée.

Ses pieds de devant lui servent de mains pour porter à sa bouche.

Il a la voix perçante, et pousse, quand on l'irrite, un grognement comique.

Placé dans une cage spéciale, où il manœuvre artistement sa petite roue grillagée, l'écureuil fait la joie des Enfants et des Parents !...

# TABLE DES MATIÈRES



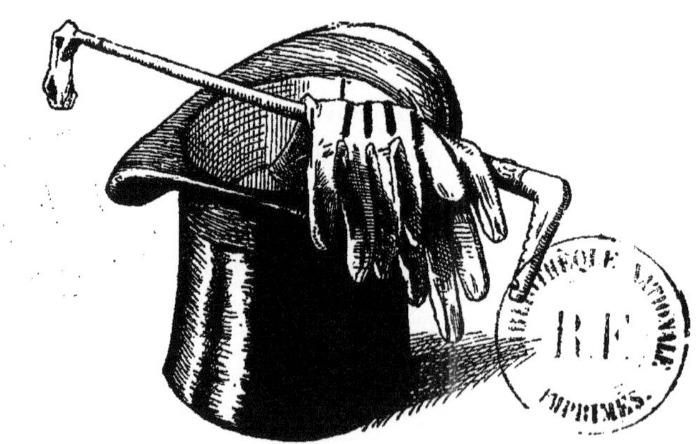

# TABLE DES GRAVURES EN COULEURS

# COLLECTION BLANCHE

Beaux albums in-4º, illustrés de nombreuses gravures en couleurs et différentes teintes par H.ARRIETT, M. BENNETT, J. LAWSON, L. MACK, etc. Couvertures chromo.

*Reliés*. — **Prix : 6 francs.**

*Pour nos Chéris*, par Étienne Ducret.
*Quenottes et Menottes*, par Ernest d'Hervilly.
*Les Heures enfantines*, par le même.
*Nids et Berceaux*, par le même.
*Contes de la fée Carabosse*, par le même.
*Autour du foyer*, par le même.
*Jack le Gel et ses Contes*, par le même.
*Contes anciens et nouveaux*, par Louis Carol.
*Les Amis de Bébé*, par Mᵐᵉ de Bosguérard.
*L'Ange de la Maison*, par la même.

## YAN DE CASTÉTIS

*L'Héritage de Pierrech*, illustrations par Mᵉˡˡᵉˢ Garay, avec Lettre-Préface de M. JULES CLARETIE, de l'Académie française.

Typographie Firmin-Didot et Cⁱᵉ. — Mesnil (Eure).

www.ingramcontent.com/pod-product-compliance
Ingram Content Group UK Ltd.
Pitfield, Milton Keynes, MK11 3LW, UK
UKHW020052100726
13658UKWH00004B/1701